Noch eben en Tass Tee

Monika Müller

Impressum

Autorin: Monika Müller
                                Verbindungsweg 3
                                26 835 Schwerinsdorf

                                04956 1538
                                monika-mueller7@ewetel.net

Bildrechte   Alle Bildrechte dieses Buches liegen
                                ausschließlich bei der Autorin dieses
                                Werkes.

Lektorat: Helma Gerjets
                                Oldenburger Straße 11
                                26 835 Hesel

Satz und Gestaltung   Henning H. Hinrichs
                                Langstraßer Weg 8
                                26 446 Reepsholt

Herstellung und Verlag: BOD- Books on Demand
                                Hamburg

9 783848 257942

ISBN:

FSC
www.fsc.org

MIX

Papier aus ver-
antwortungsvollen
Quellen
Paper from
responsible sources

FSC® C105338

Inhaltsverzeichnis

Inhaltsverzeichnis

Moin

1962 was en gode Jahrgang, ik bün geboren, an en mojen Dag in Juli. In een lüttje Buurnhuus, wurr ik mit mien Ollen, twee Geschwister un Oma un Opa upwursen bün.

Mien Grootollern harren dree Koije, en Peerd, Höhner, en paar Kanienen un en Hund. Kennt ji „ Wir Kinder von Bullerbü?" So ähnlich hebbt wi ok leevt. Vörn harren wi uns Wohnköken, waar sük allens ofspölen de. Daar wurr eten, spölt, Huusupgaben maakt, eenfach allens. De Ovend gaff sien beste, wi harren noch kien Heizung.

In d` Winter weren in de Fensters Iesblömen, un wenn wi ruutkieken wullen, denn hebbt wi mit uns Aam en lüttjet Kieklock an Schiev pust. Mitunner lag de Sneei metershoch. Boven harren wi twee lüttje Zimmers. In de en schlepen mien Ollern un mien Süster un in de anner mien Bröör un ik. Wenn wi up Klo mussen , gungen wi dör de Stall an de Kohjen vörbi up Plummsklo. En Klo mit Spölung harren de wenigsten.

In Tuun was allens dat, wat wi to Leven bruken. Tuffels, Gemüüs, Obst ut egen Tuun. De Kohjen levern d` Melk. In` t ganze Huus gaff dat blot en Kiekkasten, wenn överhoopt. De meeste Tied weren wi buten, spölten in d` Sömmer mit Marmels, kropen up Boom, gungen schwemmen in d` Kanaal, Winters wurrren Sneeimanns baut, un Höhlen ut Sneei, en Sneeibahn achtert Huus waar wi mit de Schlee runner suust sünd. Wi gungen Schöfeln, un kwemen mennigmaal kolt un dörnatt na Huus hen. Oma hett uns de Footen freven, daarmit de weer warm wurren .

Krank wurren wi selten. Ik hebb mien Kindheit in en goode Erinnerung un denk daar faken an torüüg. Uns wurrren noch Werten bibrocht, wat vandaag faken verloren geiht. Wi hullen tosomen, egal wat kweem. Fründe gaff dat hopenwies, kieneen wurr mobbt.

6

Ik wünsch mi dat de Kinner van vandag ok seggen könnt, dat se en moje Kindheit hat hebbt, un hoop dat wi wiederhen in en friedlichen Welt leven könnt.

Mien Opa

Van mien Oma Lini hebb ik jo ja al vertellt. Nu is mien Opa Hillrich dran. Mien Opa was genau dat Gegendeel van Oma. He stunn noch immer up de Meenung, well nich hören will, mutt föhlen. Dat hebb wi Kinner ok woll mal to spören kregen. Of un to gaff dat en goden Pack vull schellen. Aver denn harren wi ok sülvst schuld.

Wi wassen as Kinner ja ok nich immer ganz so leev, as wi egentlik wesen sullen.

Uns Opa harr en lüttjen Buurnhof, dree Kohje, en Perd, Stück of wat Höhner, twee Schwien, paar Karnickels un een Zegenbuck. De Zegenbuck stunn immer unner de Obstboom un freet dat Gras of, denn bruukde Opa daar nich maihen, wi harren to de Tied noch kien elektrisch Rasenmaiher oder so`n Rasenmaihertrecker. Nee, Opa muss dat Gras mit Seis maihen. Um sük daar en bietje Arbeit to sparen, hett he de olle Zegenbuck köfft.
Uns Naber van tegenöver harr dat sehn, dat de Zegenbuck immer dat Gras bi uns upfreten de. Dat funn he ja maal ganz mooi. De Naber froog uns Opa of he de Buck nicht ok mal bi freten laten kunn. „Ja", seggt Opa, „ dat kann ik woll mal doon."

En paar Dag later weer dat denn sowiet. In en Hand en Hamer und in de anner Hand dat Tau mit de Zegenbuck daaran, leep he na`t Naber. Wi Kinner düssen nich mit , wi sünd up uns Grundstück stahn bleven un hebbt uns dat van daar ut ankeken. Opa gung mit de Zegenbuck up Rasen und wull hüm ansticken. He buckde sük um de Sticker in d` Grund to hauen. De Buck stunn achter hüm. As uns Opa sük bucken de, nohm de Buck Anloop und suus up uns Opa daal. Opa hett daar nix van mitkregen. De Buck stöttde hüm so van achtern mit sien Hoorns in sien Allerwertesten. Opa kreg en gode Stööt un floog vörut in`t lang Gras. De olle Zegenbuck hett dat Wiede söcht. Opa stunn up, hüm was Gott sei Dank nix paseert.

Man ik much nich in de Huut van de Buck sitten, as Opa hüm to packen kregen hett.

Mien Oma

Ik hebb vandaag so in mien Fotoalbum keken und do full mi ok en Bild van mien Oma Lini in d` Hand. Mi gungen tomaal en heel bült Erinnerungen dör de Kopp. Och, wat was dat doch en moje Kinnertied. Mit mien twee Geschwister hebbt wi doch vööl Leven in de Buud brocht. Uns Oma hett nie mit uns schullen. Se was immer leev mit uns, wi avers ok mit uns Oma. Ik hebb faken up de Ostfreesensofa achter hör seten und hebb hör de Haar kämmt. Se harr ganz lange griese Haar. Dat much se so geern, wenn man hör de Kopp kraueln de.

Mörgens up Tied stunn se up un schmeet de Kökenovend in Brand. Denn wurr de Melkbree för Opa un för uns Kinner kookt. Twee Stücken Swartbrood un en Stück Stuut, Melk und Krömen, dat kregen wi ok as Kinner. Dat is gesund, segg uns Oma immer, daar gifft dat rode Wangen van.

Wenn wi Kinner van d` School weer daar wassen un uns Lehren maakt harren, denn gungen wi mit Oma und Opa up dat Land to Röben plücken oder Gras meihen oder ok de Kohjen melken. Dree Kohjen harren se, un de wurren mit Hannen mulken, mörgens und avends.

Eenmal, dat wass in d` Harvst un ok al leep kolt buten, wull se Ölovend anmaken. Se nohm de Deckel van de Ovend runner un goot dor van boven Öl rin. Do nohm se en Rietstick und stook dat Ding in Brand un Deckel drupp, aver daar de sük nix, de Ovend fung kien Füür. Se dreih sük üm und wull Zeitungspapier halen. Se wass noch gor nich ganz bi de Döör do gaff dat en groten Knall un de Ovenddeckel flog dör de Köken. Mien Oma keek ganz verdattert un see: „Man daar sitt avers Zunner achter." Wi mussen ok noch lachen, aver dat harr ok in`t Oog gahn kunnt. Nu is mien Oma all över 40 Jahr doot. Ik denk ganz faken an de Jahren van uns

Kinnertied mit uns Oma un Opa. Off un tau denk ik torügg, wat dat doch vör en moje Tied wass. Man good, dat mi disse Erinnerungen kien en nehmen kann.

Oostern

Na de harte Wintermaanten stunn de Sünn weer hoger und dat wurr Fröhjohr. Oostern stunn weer vör de Döör. De Höhner mussen hör best geben un fix Eier legen. Jeden Dag gung Oma nu hen un smeet de Höhner good wat to freten in`t Huck, de Eier sullen ja mooi dick un fast wurren, seeg se.

Of un to kwammen ok Nabers üm no Eier to fragen. Nee, seeg Oma, de bruukt wi sülms. Wi mutten ja Eier farven för Oostern. Se hett de Eier mooi schoon maakt un weg leggt. Bi 15 Enkelkinner mussen de Höhner good leggen, jeder Enkelkind kreeg ja ok dree Eier, blot wi Kinner in`t Huus wi kreegen fiev Eier. Dag vör Dag hol se de Eier ut Nüst, witte Eier un bruune Eier.

Oostersaterdag wurren denn de Eier farvt. Mit Zieppelschiel wurren de mooi bruun, rode Bete maakt de Eier rood, un wenn se Spinat nehm, harr se gröne Eier. Oma wüss Bescheed. Wi Kinner düssen ok mithelpen, de Osterhaas kwamm eerst later un hol de Eier, waarum se uns dat vertellt hett, weet ik nich, avers wi hebbt dat glöövt. Se seegg, wenn wi de Osterhaas maal sehn deen, denn mussen wi hüm Peper up Steert strejen. Denn gung he sitten und wi kunnen hüm de Ohren lang trekken. Mien Bröör seegg: „ Good dat ik kien Steert hebb, denn truukst mi allweg de Ohren lang." „Verdeent hest du dat ok." seegg Oma.

Wenn Oma de Eier farvt harr, holt se de grode Püllpott ut Keller und denn wurren daar ok noch Eier inleggt. Eerst dat Ei anpickern un denn in Soltwater leggen. Dat weren denn Soleier. 24 Stünnen mussen de trekken, mit Öl , Essig un bietje Senf wurren de eten. Opa un mien Vader kunn sük dor satt in eten. Blot anner Dag dürst nich bi hör sitten, de stunken as so Ülken.

Eier weren klaar. Nu muss noch de Osterstuut backt worrn. Oma nahm witte Mehl, Gerst, Ei, warm Melk un bietje Zucker un Solt un maak daar en Stutendeeg van. Denn de se de Deeg in dree Rullen delen un flucht daar en Zopp van.

 Dat sach so mooi ut, ik hebb mi dat genau bekeken un Oma hett mi wiest wo man de leggen mutt. De Stuut kwamm int Braadovend un kunn daar vör sük henwasen, so sacht da ut, de wurr all dicker un bruner. Lekker.

Wenn dat so sacht düster wurren de, gung wi na de Paaskefüür. Wi dürsen ok al en paar Eier mitnehmen to schmieten. Uns Naber harr mit Opa Struken upschicht un de sullen nu verbrannt worren. Daarmit wurr de Winter verjagt, dat de nich weer kummt.

Wi Kinner weren fix an`t Eier schmieten. Mien Bröör harr ok futt sien Eier kött. Wat weer he an düveln, dat he kien mehr harr. He is denn ok no Huus hen gohn un weer no en kört Tied weer daar. Mit neije Eier. De schmeet he denn ok glieks dör`t Lücht. Bloot de Eier wassen noch nich kookt, he harr de bi Oma ut Keller ruut holt un schmeet de munter dör`t Gegend. Oh, wat hett he Schellen hat. De gode Eier legen nu in`t Gras nett so kött as wat. Mien Vader hett hüm denn ok glieks no Huus hen jaagt. Oma hett noch en good Word inleggt för hüm, wo sull de arm Jung denn ok weten, dat de Eier frisch ut Höhnerhuck weren.

Oostersönndag kweem. Nu erst mit al Mann na de Kark. Daarna kregen wi wat van de Oosterhaas. Wenn wi leev west weren, geev`t wat tau schlickern un meest en lüttje Spööltügg. En Oosterhaas ut Zuckerlaa, Zuckereier, Zuckergeleeeier, ik weet nich wo dat all heten de, laggen in uns Nüsten. Dagen vör Oostern harren wi Moos söcht un drögen laten.

Lecker weer dat söte Kraam. Wenn nich uppassen deest, harrst daar Middags Buukpien van. De Oosterstuut un de Soleier kweemen up Disk. Mit gode Botter un sülmsmaakt Marmelaad weer dat wat lekkers. Mi löppt dat Water nu noch in Mund tosamen, wenn ik daaran denk. Opa un Vader leten sük de Eier düchtig smecken. Mit Öllje un Eterk, Solt tun Peper un en bietje Mustert, hebbt se so

13

mennig Ei wegputzt. Dat kunnst na dree Dag noch ruken.

Domaals weren de Fierdagen, egaal of Wiehnachten, Oostern oder Pingsten noch heel besünner Dagen. Ik denk geern an disse moie Dagen torügg un wat wi fröher all beleevt hebbt.

Noch eben en Tass Tee

Bi uns up Naberskupp wohnde en ollere Keerl. Ik glööv, de weer al en heel Enn över tachentig Jahr old. Avers immer blied un frünnelk. De harr Tied, vööl Tied. He kunn avers nich mehr so good hören.To de Tied gaff dat ja ok noch kien Hörapparaat.

Oma Lini wull in Tuun to Bohnen poten. Se harr sük al hör oll Kittelschuud antrucken un de Holschen stunnen ok al vör d`Döör. Opa wass al in Tuun un hark de Acker torecht. Nu schull dat futt los gohn. Do kweem de Naber.

„Moin Lini!" reep he van wieden al. „Moin Jan! Büst ok eben unnerwegens!" segg Oma. „ Jo, ik wull mi eben en Tass Tee ofhalen." „Denn goh man eben sitten, ik mook uns futt wat. Ik will eben de olle Plünnen uttrecken." Dat pass Oma nu ja gar nich in de Mütz se wull ja in d` Tuun. Jan kroop denn ok in d` Sofa un mook sük dat daar gemödelk. Oma Lini mook Tee, segg denn ok Opa Bescheed dat se Besöök harren, un he man erst komen sull to Tee drinken. Lang sull he ja woll nich blieven. Se harr ja seggt, dat se in d` Tuun wull. Avers de Naber seet un seet. En Treckpott full harren se al up. He bleev immer noch sitten.

„Sall ik noch eben en Tass Tee maken?" froog Oma. „ Wat hest du seggt?" reep Jan. „Sall ik noch maal Tee maken?" froog Oma nochmal. „Jo, jo." reep Jan. Oma gung los un mook nochmal Tee. „ Waar lett de dat all?" doch se. „De hett noch nich enmaal ut de Büx west. Dat he mi blot dat mooi Sofa nich vull pinkelt. Denn is Katt en Düvel. Daar kann he up laten!"

Oma wurr all vergrellter. Se wull nu in Tuun un de Bohnen poten. Dat segg se ok an Jan. „Jan, hebbt ji al Bohnen plant? Wi willt futt los to planten." „Jo, jo,!" segg Jan. Avers he bleev driest sitten. Twee Stünnen harr he nu al seten un mittlerwiel gung de Sünn so sacht unner. „Ik glööv dat word nix mehr mit Bohnen poten." doch Oma. Avers daarför harren se Tee drunken bit hör da ut de Nöös weer rut kweem. Mit Mal stunn Jan up un wull na Huus. „Ik glööv ik mööt so sacht up`t Huus an!" segg he „ Berta hett Tee futt klar." Oma keek hüm an un schüddel mit de Kopp. „Du hest doch nett erst Tee drunken!" wunner se sük. „Wat en echt Oostfrees is de drinkt fiev mal an Dag Tee." reep Jan. „Treckpott düürt nich kolt wurren." Somit gung he to d` Döör ut, dreih sük nochmaal um un bedankde sük för de Tee.

Jan hett dat letzte Mal bi Oma Lini un Opa Hillrich west. En paar Week later is he för immer inslapen. Up sien Beerdigung gafft dat Tee un Botterkook satt.

Vögelschiet

Mit sess Jahr bün ik in School komen. Domaals weren de Scholen noch up Dörp. Mehr Schoolklassen weren in en groden Ruum. Vörn satten de eersten un tweeden Klassen un daar achter de darde un veerde Klassen. Meestens weren tüschen söven un teihn Kinner in en Klass. Wi harren en Mesterske, de uns lesen, schrieven un reken bibrocht hett.

Mörgens stunnen wi as eerste in en groten Runn un sungen en paar Leder un denn wurren de Upgaben verdeelt. Wenn en Schöler Geburtsdag harr, wurr en Geburtsdagsleed vör hüm sungen. Ik harr mestens in Ferien Geburtsdag. Ik bün en Sömmerkind.

Aver en enzigst Maal vull mien Geburtsdag in Schooltied. To de Anlass harr ik en neje Kleed kregen. Mien Ollern sünd mit mi na Wilhelmshaven henfohren, na C un A. Ik harr mi in en hellblau Kleed verleevt. Dat Problem weer avers, dat de Stoff ut Synthetik weer, wat mi avers överhoopt nich intereseert hett. Ik wull blot dit Kleed hebben, ik hebb dat ok kregen.
An mien Geburtsdag dürs ik dat Kleed na d` School antrecken. Stolt steeg ik up mien Rad un fohr de dree Kilometer bi mooiste Sünnenschien na d` School.

De Vögels sungen mi en Leed. Ik weer blied mit mien neje Kleed. En Vögel weer mi avers woll nich so good gesünnen un scheet mi, in de Tied waar ik fohr, up mien moje Kleed.
Brullend bün ik na d` School henfohren . Mien Mesterske nohm mi in d` Arm un meende dat se de Fleck daar weer ruut kreeg. Wi gungen up`t Klo un daar wuske se mi mit vööl Water un Seep de Scheet weer ruut.

Wiel dat Kleed ja ut Synthetik weer, also gummiaardig, kunn man dat Water daar nich so utwringen, so dat dat weer enigermaten dröög wurr.

För mi hebbt de Schölers denn ok en Leed sungen. Ik stunn halvboogt in`t Runn un ut mien Kleed drüppel dat Water. Gau harr ik en Waterpool unner mi. Wat muss ik mi daarup hen allens anhören. Ik harr to de Tied noch kien mal Gedanken, avers wenn ik de Vögel to packen kregen harr, ik harr hüm all Feren utreten!

Sömmerdag

Fröher gaff dat hier noch richtig moje Sömmer, mit Hitz un richtig Gewitter. An en heten Dag in Juli kunn man namiddags al sehn, dat sük daar wat tosamen braden de. Mien Grootöllern weren al en heel Sett up`t Land to Heu maken. Dat sull noch unbedingt in`t Huus, bevör dat en goden Schuur Regen gaff. Mien Vedder un wi Kinner mussen düchtig mithelpen. Opa was mit Nabers Peerd un Schüddemaschien unnerwegens und mien Vedder sull mit uns Peerd un Ackerwagen nakommen. Fröher wurr dat Heu noch lös up Wagen packt. Denn kweem dat in d` Gulf un in d` Winter harren de Kohjen wat to freten. Bevör dat Heu up de Wagen wass, harr Opa all mennig Stünn up`t Land verbrocht. He harr kien egen Maihmaschiene. Daar muss erst en Fründ oder Naber komen un dat Gras maihen. Denn gung he en paar Maal mit de Schüddemaschine hen und wende dat Grass um, so dat dat ok van ünnern dröög wurr. Daar gung mestens bold en Week mit up. Dat Heu muss ja mooi dröög wesen, anners dürr dat nich in d` Gulf. Denn kunn wesen, dat dat anfangt to brannen. So hett Opa uns dat maal vertellt. To de Tied wüss ik nich, waarum dat so was.

Opa harr dat Heu al in Wirsen fohren, as wi daar ankomen sünd. Gau wurr mit Förk dat Heu upstaken. Oma satt up Wagen un verdeel dat so, dat dat nich weer andaal fallen kunn. Ruckzuck weer de Wagen vull. Nu noch eben gau dat ruugste binanner harken und denn mit den Heuwagen na Huus. Mittlerwiel wurr dat all düsterer an d` Himmel. Dat grummel al in d` Feernt. Wi mussen sehn, dat wi mit Peerd un Wagen na Huus hen kwemen. Mien Vedder sull de Heuwagen fohren un Opa wedder de Schüddemaschien. Oma un wi Kinner mit Rad daar achter an. Up en Maal joog en Blitz van de Himmel un dat grummel so luud, dat mien Vedder dat Peerd nich mehr hollen kunn. Dat Deer gung vörn hoch un neije mit de Ackerwagen vull Heu de lang. Un as se dör en Kurv mussen, kreeg de Ackerwagen Övergewicht un kippde um. Peerd gung de lang. Wat hebbt wi uns verschrucken. Mien Opa hett mit mien Vedder schullen. „Segg maal, büst du bregenklötterich? Wo kannst du mit dat Peerd so jagen." Opa weer en verdreihten Padjack. He wuss doch genau dat sük dat Peerd van`t grummeln verschrucken hett. Nu lag dat Heu up Straat. So good as gung hebbt wi dat weer up Wagen packt, avers van boben drüppelt all un dat Gewitter kweem immer dichter. Mit all Mann hebbt wi uns Peerd söcht. De weer mittlerwiel al na Huus henlopen un stunn vör d` Stalldöör. Wat grummel un blitzde dat luud. Wi kreggen dat reinweg mit Nood. Gau na Huus reep Oma, bevör jo de Blitz in d` Achterenn haut. Natt as Katten kwemen wi in Huus an. Wi trillerten an`t heele Leven, so kolt weren wi. Erst de Plünnen ut un dröög Kleer an.

Oma hett denn eerstmaal en Tass Tee maakt mit lecker Rohm daar up. Opa harr sück mittlerwiel ok weer bedaart. He harr dat Peerd in Stall brocht un dröög reben. Un mien Vedder? De harr anner Dag blau Flecken un kunn sick nich rögen. To`n Glück harr he nich vööl afkregen. Na en paar Daag was he weer de up n Damm.

Urlaub

Mien Ollen harren beschlaten en paar Daag na Köln to fohren. Wi wullen mien Groottant un Grootunkel besöken. Mien Bröör un ik dürsen mit. Mien lüttje Süster sull solang bi hör Patentant tüschenlagert warden. De weer för so en Fahrt noch to lüttjet.

Wi sünd denn an en Fredag mit Zug na Köln henfohren. Alleen dat Zugfohren weer al en Beleevnis. Dat rutter unnert Mors un de Husen un Bömen susen man so an en vörbi. Mi kweem dat as en Ewigkeit vör, bit wi endlich daar weren. Mien Moders Vedder hett uns denn ok van d` Bahnhoff ofholt. Mit all Mann sünd wi na Bergisch Gladbach henfohren. En Dörp en paar Kilometer van Köln weg. De Tant van mien Moder weer so blied, dat se uns maal weer sehn de. De Unkel proot blot Kölsch. Ik hebb kien Woord verstohn.

„Joode Daach, kleines Mädchen! Wie geht ed dir. Wie ahl bess do. Sigg ihr jood herjefunden?" Wat sovööl heet: Guten Tag, kleines Mädchen, wie geht es dir und wie alt bist du. Seit ihr gut hergefunden? Wi seggt in Ostfreesland ja Moin, avers wo sull de Keerl dat weten. Ik harr en bietje Nood vör de Keerl, de weer na mien dünken so gruuv. So en richtigen Bullerballer.

Ik hebb mi gau achter mien Moder verstoppt, de Kerl kweem mi irgendwie arig vör. Tant Antje was denn ok heel blied, dat hör Verwandskupp ut Ostfreesland maal weer to Besöök weer. Mien Moder harr hör Ostfreesen Tee un Botterkook mitbrocht, oh wat hett sück de Tant daar över freiht. Se wohnde nu ja al en heel Sett in Köln un missde hör oll Heimat. Unkel Emil drunk ja blot Koffje un Tee kreeg se nich so vööl.

Wi sünd denn ok temelk bitieden in`d Nüst gohn. Anner Dag wullen wi na Köln und de Dom bekieken. Sowat hebb ik noch nooit sehn. So en grode Kark. Daar kunnst van buten Kant an hoch lopen un över heel Köln kieken. Twee Toorns so hoch as de Himmel, mien Ogen wurren al gröter. Dat weer en Beleevnis för mien Bröör un för mi.

Na de Kark sünd wi up Kirmes west. Dat is daar sowat as bi uns Gallimarkt. En Karussell an anner un sovööl Freetbuden. Daar kunnst rund um di to eten. Van dat klautern up de Dom harren wi ok düchtig Schmacht kregen. „Eerstmaal wat in d` Buuk," see mien Vader. „Ik hebb Schmacht as en Baar." Wi hebbt denn ok good wat eten un wieder gung dat. Unkel Emil hett mi fiev Mark in d` Hand drückt. „Hee, do kanns do di wat für kaufen." Ik hebb mi daar en Hand vull Lose köfft, dat hett mi al immer Spass maakt, open maken un kieken of ik wat wunnen harr. Ik harr Glück, en Hauptpries weer daarbie. Wat hebb ik mi freiht. Bestimmt weer dat en grood Kuscheldeer oder en Puppke. Ik kunn dat gar nich ofwachten, wat ik nu wunnen harr. De Keerl in de Losbude reep ok al: „Hauptgewinn,Hauptgewinn!"

„Mer haben hee ne Gewinnerin!" bölkde de Verkoper. Ik weer so stolt, dat ik nu wat kreeg. He drückte mi en grood Paket in Hand. Ik wass ja so gespannt. As ik dat do open maken de, nee, kien Puppke un ok kien Kuscheldeer. Ik harr en Paket mit sess

Wienglasen wunnen, in all Farben, rod, blau, geel un gröön. Wat sull ik daar denn mit. Ik was man erst negen Jahr. Ik wull en Puppke hebben oder en Kuscheldeer. Tranen stunn mi in d` Ogen. Unkel Emil hett mi in Arm nohmen un segg to mi: „Isch kauf ne Puppe un mer tauschen dann." So bün ik denn doch noch to mien Puppke kamen. Ganz stolt bün ik daar mit rum lopen. De Unkel weer doch nich so en mal Keerl as ik to Anfang docht harr.

Rüggpien

An en moje Dag na de Middagsstüün wull Opa dat Peerd ut Land holen. He truck sük sien Gummistevels an un maak sük up de Weg. Sünn schien un uns Opa harr maal richtig gode Luun.

He muss en gode Stück lopen bit he bi dat Peerd wass. Avers dat wass ja en gode Spazeergang na dat deftig Middageten. Dat kunn ja nich verkehrt wesen.

Opa leep dör de Busch un keek hier en bietje un daar en bietje. He sach nich de lüttje Wuddel, de daar ut Grund keek un trampel daar vull vör. Up eenmal lagg Opa up Grund. Satan, Düvel nochmaal, weer he an flöken, man good dat Oma dat nich hört hett. Alles de hüm sehr, Kneei, Arm, Rügg. He wass richtig unnersdeboben flogen. Nu eerst weer up de Benen kamen, dat wass gaar nich so eenfach. Opa kroop denn ok mehr oder weniger na Huus.

Oma sloog beid Hahnen över d` Kopp tosamen. „Keerl, oh Keerl wat hest du al weer maakt," reep se un hulp hüm eerstmal weer up de Benen. „Ik bün över en Wuddel, de ut Grund keek, trampelt. Mi deiht dat all sehr," jammerde Opa. „Am meesten deiht mien Rügg sehr. Ik hebb mi de bestimmt broken. Oh wat`n Mallöör, waarum mutt mi dat ok immer passeeren. Ik hebb doch kieneen wat doon." „Wat hett dat daar denn mit to doon," froog Oma, „ büst doch blot fallen." „Blot fallen?" bölkde Opa. „Ik harr dood wesen kunnt. Denn harr ik di woll eben sehn wullt," schull he. „ Dat harrst denn nich mehr kunnt. Wenn du dood büst, büst dood." Oma maak sük daar ok noch en Spass mit, ok wenn se wüss, wat hör nu bleihen de. Se muss sük nu erstmal dat Gejammer van Opa anhören. Un dat nicht to knapp. Avers eerst hol se de Buddel mit Franzbrannwien ut Keller. Daar reev se Opa fix mit in.

Anner Dag weer de Pien immer noch nich beter. Irgendwie kunn he sük nich dreihen. „Entweder de Doktor mööt kommen, oder du musst na de Knokenbreker," segg Oma. „Avers ik denk, du hest ehrder de Hex in d` Rügg." Hexenschuss meent se. „Van Avend, wenn d` Jung weer van d` Arbeid daar is, mutt he mit di na d` Knokenbreker hen." „Wenn dat man helpt, ik bliev seker en Krüppel," jauel Opa. „Ja, ja, dat word seker nix mehr mit di, du sallst woll nu immer in`t Bett blieven mutten."

Dat neje Huus

Mien Ollen harren beschloten en neje Huus to bauen. Mittlerwiel wassen wi Kinner al groot wurden, dat gung nich mehr mit all Mann in en Kamer to schlapen. Se harren beschloten en neje Vörenn bi Oma un Opa an to bauen. Dat sull denn ok gau gohn. Mien Vader harr dat ok al an en Bauunnernehmen ofgeben. Ok de Genehmigung was al daar, egentlich kunn dat jeden Dag so los gohn.

Avers mien Opa was ja so en verdreihte Keerl. Mit en maal wull he nich mehr dat daar vörbaut wuur. De moje Beernboom muss denn ja weg. Nee, dat wull he nich. Daar gung he ok nich van of. Nu full dat ganze Gedöns in Water. Wat nu? Mien Oma hett mit Opa schullen, avers daar was nix to maken. He leet sük nich beproten.

Mien Vader is mit mal Mors hengohn un hett en Bauplatz in´t Naversdörp köfft, in en Siedlung. Egentlich wullen se dat ja nich, avers hüm bleev nix anners över. Dat ganze Gedoo gung weer van vörn los. Bau planen, Genehmigung, Bauunnernehmen. Avers do gung dat ok zügig los.

Dat Huus stunn in Rohbau. Wi harren Richtfest. Ik kann mi noch besinnen, dat dat en heten Dag in d` Sömmer wass. Wi Kinner harren daar mit sowat nich vööl an d` Hood. Wi sünd dör d` Busch lopen, na uns Baadestee hen un sünd schwemmen gohn.

Mit dat Bauen gung dat ok flink vöran, as eerste wurr dat Baadezimmer klaar maakt. Jeden Saterdag gungen wi nu hen und kropen in d` Baadewann. Wat was dat mooi. Nich mehr in de olle Tubb in Köken. Wi weren ja mittlerwiel ok al grötter un uns sull ja kien en mehr wat wegkieken. In de lange Baadewann to liggen, oh wat was dat vör en mooi Geföhl. Wi muchen daar gaar nich mehr ruut. Daar kwemm heet Water ut de Kraan. Mien Moder muss nich mehr Water koken up Ovend, dat leep nu van sülvens in de Baadewann. Ruckzuck was dat Ding vull. Wi bruken nich mehr so uppassen dat de Teppich natt wurr, daar wassen ja Fliesen in. De Döör kunn man ofsluten, man bruukde kien Nood hebben dat daar up en maal een in de Döör stunn un man de Hannen vör d` Bossen hollen muss. Uns lüttje Igelnösen sull ja kien en sehn. Mien Bröör kunn dat ja mesterhaft, enfach so in`t Zimmer kamen un sük dood lachen. Dat was nu avers vörbi. Döör wurr ofsloten un man harr sien Ruh.

Dat Bauen gung nu ok flink vöran, uns Zimmers wurren klaar, mien Süster un ik mussen uns en Zimmer delen un mien Brööer kreeg sie egen Zimmer. Tegenan schlepen mien Ollern. Neje Möbels hebb wi kregen, jeder harr nu sien Bedd, Kleerschapp un en Nachttafel. Moje Teppichboden up Grund un en Heizung an d` Müür. Ik kweem mi vör, as in en Schloss. Nich mehr mit twee Mann in en Bedd slapen. In`t oll Huus lag ik meestens up Grund, wenn ik mörgens upwaken de. Oder man lag mit Mors an de kolle Müür. In d` Winter harrst Iesblömen an`t Fenster. Ohn Pülli gung dat gar nich. Dat weer nu allens anners.

Denn kwemm de grode Dag, waar wi ümtrucken sünd. Mit Peerd un Wagen wurren all de Saken, de wi harren, in uns neje Huus brocht. Twee of dreemaal muss Nori, so heet uns Peerd, ran un dat ganze Gerümmsel van en Stee no de anner bringen. Potten un Pannen, Geschirr, Blömen, de Kiekkasten un Radio, uns Spöölreev, Kleer, un noch vööl mehr.
Wat was dat en upregend Dag.
Wi Kinner mussen düchtig mit helpen un uns Saken al utsorteeren, de wi nich mehr hollen wullen. Un doch kweem noch so eeniges mit up de Wagen wat eegentlich nich mehr mit sull. Zimmer för Zimmer wurr inrüümt. Irgendwenner weer ok dat letzte Stück van d` Wagen of un wi weren intrucken. En moje Bogen hung vör de

Ingangsdöör. De harren de neje Navers maakt . „Hartlik Willkomen" stunn daar up. Un hulpen hebbt se ok. Mien Moder hett Tuffelsalaad maakt un daarto gafft dat Würstchen. Jeder söcht sük en Stee un all hebbt düchtig eten. Ruckzuck wass dat Avend, un wi sünd mööi, avers tofree in uns Bedden kropen.

De eerste Nacht in`t neje Huus, dat eerste Maal in uns Zimmer schlopen, de eerste Drööm in uns neje Bedden. De Gedanken susen mi so döör d` Kopp. Sovööl Neeis kweem up en daal. Ok dat Heimweh na uns Oma un Opa, de nu heel alleen wassen in hör Huus. Jeden Dag sünd wi mit Rad na uns Grootollern fohren un hebbt hör besöcht. Dat hett en heel lang Tied bruukt, bit wi uns daaran gewöhnt harren in neje Huus to wohnen.

Brummelbeeisaft un Eiersneei

In de sesstiger Jahren waar, ik geboren bün, gaff dat noch nich vööl. Wi mussen mit dat, wat wi harren, tofree wesen un dat wassen wi ok. Jeder gung dat to de Tied gliek. Kleer worden updrogen, egaal of dat Jung oder Wicht was. Wenn wie en Rad harren, denn waar dat mitnanner bruukt. Eerst as wi in d` School kamen sünd, wurr dat wat anners, do harr jeder sien Rad. Avers mien Ollen mussen daar good wat för doon um dat jeder en Fahrtüüg kreeg.

So wass dat ok mit Zuckergood und Zuckerlaa. Dat gaff dat blot to Wiehnachten, Oostern oder wenn man Gebuursdag harr. Wi muchen avers ok geern maal wat Sööts, avers wi mussen wachen bit dat sowiet weer oder uns sülms helpen. Of un to gaff dat ok maal wat bi de Koopmann, wenn wi för Oma inkopen mussen. Up Land weer meestens en lüttje Laden, waar man dat wat man nich sülvens harr, kopen kunn. Dat weer nich so as vandaag, waar man eenfach alles in d` Inkoopswagen smitt un na d` Kasse geiht. Nee, fröher gung man na d` Koopmann un seeg wat man hebben wull. Denn söch he dat binanner. Zucker, Mehl, Hafernflocken, Ries un noch en heel bült mehr harr he in sien Laden. Meestens kregen wi teihn of twintig Pennings van Oma, daar düssen wi uns denn wat för kopen. En Schlickerstange weer immer drin. Wenn de Koopmann good Luun harr, denn kregen wi ok woll maal en Ies. Avers dat was ehrder selten. Uns Oma wuss avers maal weer Raad. „Ik maak uns Eisneei mit Brummelbejensaft," segg se.

In d` Augustmaant weren de Bejen mooi riep, Brummelbejen. Mit en lüttje Emmer gungen wi in de Busch un hebbt de dunkelrode, saftige Bejen plückt. Blot sücke, de ok heel riep weren. En paar stoken wi ok in d` Mund, de wassen so lekker und sööt. Man muss blot uppassen, dat daar gien Ruup in satt. De mundjen nicht. Bah, en maal hett mien Bröör daar up beten, he harr sük woll breken kunnt. Man muss richtig good kieken, dat dor kien Wurms in wassen. Uns Fingers sachen denn ok ut, as wenn wie en Swien ofstoken harren. De Emmer wass gau vull. En Brummelbeei mojer as de anner. Dick, düsterrood un sööt, so mussen de wesen, denn seet daar fix Saft in.

Mit de Emmer vull Brummelbejen gungen wi na Huus hen. Oma luur al up uns. Se kunn dat ok nich ofwachen. Se harr al en witten Küssenbezug söcht, de se nich mehr bruken de. Daar leeg se de Brummelbejen up un drückte de mit all Kraft ut. De rode Saft drüppelte in en lüttje Pott. Vööl was dat ja nich, avers genug um daar en lecker Gagelschmuus ut to maken. Bietje Zucker daarup, fein ümröhren un klaar was dat. Nu mussen blot noch de Eiwitt slaan wurren, avers erstmaal Eier söken. Oma segg, dat wi eerst in de Höhnerhuck mussen un frischke Eier halen.

Ik harr en bietje Nood vör en Henn, de was so biestig. Wenn du daar mit Hannen rin gungst un wullst daar en Ei ruut halen, denn pickde de immer in d` Finger, un dat de sehr. Mien Bröör is denn hengohn und kweem ok glieks mit en paar Eier weer. Dat Eiwitt muss nu van dat Eigeel of. „Oha, wo sull dat denn gohn", froog ik Oma. „Heel enfach, du musst dat Ei erst döörbreken und denn dat Eiwitt in dat Pottje lopen laten. Dat Eigeel van en Eierschill in de anner Eierschill kippen, immer hen un her, solang bit dat Eiwitt in't Pottje swemmt. Dat sach enfach ut, wass dat avers nich. Opa hett avends Ei in d` Pann kregen.
Nu noch gau Eisneei maken. Oma nehm hör Rohmschleuder, Eiwitt un Zucker herin, un ruckzuck weer dat ok klaar. Mi leep dat Water in d` Mund tosamen. Futt gaff dat Eisneei mit Brummelbejensaft. Oh, wat lecker!

Oma nohm denn en mooi Wienglas un daar keem denn de Brummelbejeneisneei rin. Dat sach so mooi ut. Richtig edel. „So as in en Gaststuuv," see Oma. Blot dat wi daar nix vör betahlen mussen. Wi harren ja all de Brummelbejen söcht. Boven drupp kwemen noch en paar Brummelbejen as Garnitur. Wi hebb uns dat richtig mundjen laten. Mit Tung hebbt wi dat letzte ut dat Glas ruut holt. Wat en Geneet.

Wi hebbt ok later noch, as man al Joghurt, Pudding in Bekers un sowat kopen kunn, noch faken Brummelbejensaft mit Eisneei bi Oma hat.

Dat reisende Volk

Fröher Jahren weren ja de Lüü mit hör Wohnwagens unnerwegens. In Sömmer, daar kunnst up an, stunnen de bi uns in en stillleggt Straat. Genau bi d` School. Wenn wi uns denn sportlich betätigen deen, satten de Keerls buten in hör Stohl un bekeken uns bit lopen. Dat was för uns Kinner immer gruselig, wenn de daar mit hör Goldtannen an d` Straat satten to grinsen. De Froolü wassen unnerwegens to bedeln. Man good dat uns Mesterske daar immer bi was, anners weren wi daar nich lopen. Wi sünd denn ok immer mit en komisch Geföhl daar lopen, up un daal, hen nun weer torügg. Immer dat Grinsen in d` Rügg. Wat wassen wi blied, wenn de Schoolstünn rüm was, un wi weer up Schoolhof weren. Daar föhlten wi uns seker.

Uns Moder harr uns vertellt, dat wi uppassen mussen un nich mit de Lüü proten sullen, de deen ok Kinner klauen. Wi harren so groot Nood vör dat Volk, dat wi en groten Bogen um hör maakt hebbt. Blot nich to dicht an de Wohnwagens vörbi, anners griepen de uns noch. De Lüü in`t Dörp vertellen, dat se ok al maal en lüttjet Wicht mitnohmen harren. Uns Nood, dat uns dat ok passeeren kunn, was groot. Beter wiet genoog weg van dat reisende Volk.

Wi harren uns Sportstünn achter uns brocht un satten nu weer in School. Twee Stünnen harren wi noch vör uns, irgendwenner weren de ok rüm un wi kunnen na Huus hen gahn. Ik harr mien Turnbüdel unner d` Tafel leggt, mien Bröör harr sien an de Kleerständer in d` Flur hangen. Wi wullen up uns Rad stiegen un na Huus henfohren. Up eenmaal schmitt mien Bröör sien Rad hen un leep weer in d ` School rin. He bölkde mi noch to, dat he sien Sportsaken vergeten harr. Ik sull blot up hüm wachen. Dat dürrs en heele Sett bit he weer daar was. „ Mien Turnbüdel is weg!" seggt he. „Un mien Jacke ok." „Ik hebb överall keken, de hett mi en klaut." He harr en hochroden Kopp, so düll was he. Wi fohren na Huus un hebbt dat futt vertellt. „Viellicht hett dat en ut Versehens mitnohmen!" meende Moder. „Froog Mörgen in School man eben to."

Anner Dag hebbt wi uns Mesterske dat vertellt. Se hett ok futt de anner Schölers froogt un do kweem ruut, dat ok anner Schölers de Klamotten fehlen deen. Nu wurr dat ja spannend. Well harr de Plünnen klaut? Dat fohrend Volk? Wo wurr man dat nu gewohr? Avers do hulp uns de Tofall. En van de Reisekinner harr de Plünnen antrucken un leep daarmit bi uns vörbi. Sien Ollen wussen dat woll nich. So blöd kann doch kien en wesen. Uns Mesterske hett futt de Polizei anropen.

De weren ok glieks daar un ruckzuck harren wi uns Kleer weer. Strafe hebbt de avers nich kregen. Se hebbt seggt, dat de Kinner de Plünnen klaut harren un se daar nix van wussen. As de Gendarms weer weg weren, hebbt wi bit up Schoolhof hört, wo de Knevel wat up Jack kregen hett. Avers wi wussen immer noch nich, wenner se de Kleer klaut harren. Dat muss in uns Unnerricht passeert wesen, as wi all in de Schoolruum seten. Do kunn he ja in Ruh allens binanner roven. Wi weren daarvan övertüügt dat sien Ollen hüm schickt hebbt. Avers dat kunnen wi ja nich bewiesen.

Anner Dag weer dat Volk weg. Över Nacht sünd se mit Sack un Pack, Kind un Kegel, wieder reist. Nu harren wi weer en good Geföhl, wenn wi up de stillleggt Straat uns Runnen dreihn deen. Dat Reisende Volk hett nooit weer bi uns west. Se harren woll de Nöös vull un hebbt sük en anner Stee söcht.

De Schösteinfeger

„De swarte Mann ist weer unnerwegens!" Ik hebb hüm bit Navers sehn," see Opa an Oma. „Kannst di man in Köken uphollen! De kummt seker ok noch bi uns vörbi." „Jo, dat mööt ik denn ja woll!" meende Oma. „Watt mutt, dat mutt." Se harr daar nich vööl bi. Dat stoov immer so. Se sööcht sük en paar oll Plünnen binanner, waar se de Ovendröhr mit ofdecken wull. Anners harr se de ganze Stoff in Köken. Wenn de Schösteinfeger weer wech wass, denn kreeg dat Röhr en nejen Anstreek . De harr dat maal weer nödig.

Kört na Middag kweem he denn ok. „Moin mitnanner!" bölkde he. „ De swarte Mann is daar. Ik will eben de Schöstein putzen." „Dat do du man!" seeg Oma. „Avers fall mi nich van`t Dack of," reep Oma hüm noch to. He wass al halv up Dack. Ruckzuck sprung he bi de Pannen hoch un reet ok al sien Bössel van d` Schuller. Unnern in Köken kunnst dat Rökeln hören. Immer weer reet he in de Schöstein, solang bit daar kien Root mehr inwass. Oma stunn unnern in Köken up en Stohl un hull de Plünnen um dat Röhr. Vööl brocht hett dat avers nich.

De Root lag överall. Ok Omas gries Haar harr en swarten Schien. Gesicht un Hannen weeren ok swart. As de Schösteinfeger in Köken kwamm, kunn he sük dat Laggen nich verkniepen. „Oma Lini, du süchst ja ut! Hest du in Afrika west? Du büst ja heel swart in`t Gesicht!" griende he. „ Du hest tovööl an`t Bösseln west!" schull Oma. Se weer daar gor nich blied över. Nu muss se de ganze Köken swientjen, dat pass hör överhoopt nich. De olle Root smeer so. „ Dat is mien Hobby, dat □össeln. Un nich blot Ovendröhrs." „Du büst en ollen Spöker!" Laat dat man kien een hören, du olle junge Schnösel." Oma wüss, dat he blot Spass maken de.

„Ik vertell di noch en Witz," se he an Oma. „ Pass up! Wat is de Unnerscheed tüschen en Schösteinfeger un en Swalvke?" „Dat wet ik nich," se Oma. „Wat denn?" „De Swalvke hett en witten Bost un en swarten Steert. De Schösteinfeger hett en langen Ledder un kann nich flegen. " „ Weetst du denn wat is, wenn de Schösteinfeger in Sneei fallt?" froog he Oma nochmaal. „Ne," sech Oma „dat weet ik ok nich." „Denn is Winter!" reep de Keerl.

„ Du büst so en Kauelmors, daar is Enn van weg," lach Oma. „ Nu se blot to, dat du de Dreih kriggst," reep se. „Du holst mi blot van d`Arbeit of. Kiek di eben de Köken an. Dat hebb ik di to verdanken," schull se. Se betahl dat Fegen und de Schösteinfeger sprung up sien Mofa un suus na dat nächste Huus.

Oma muss nu hör Köken weer up Stee maken. Junge, wat harr dat stoven. Överall lag de fien Stoff. De ganze Namiddag harr se daar Wark an, bit de Köken weer blinken de. Erst hett se de Root ut Schöstein ruut holt. Dat wass al en Swieneree. De Emmer weer ruugweg vull. Se harren in Winter ok good brannt. Fensters, Schapp, Disk un ok de Biller hett se ofstoven. Nu muss blot noch de Footböhn feidelt wurren.

 Avends weer Oma de schier mit klaar. Doodmööi is se in hör Bedd fallen. Anner Dag hett se denn de Ovendröhr streken. In sülvergrau. Nu harren se erst weer en Jahr Ruh mit de Schösteinfeger.

Roggenmehlflupp

Weet ji wat Roggenmehlflupp is? Dat is Bree ut Roggenmehl. Wenn mien Oma de oll Kökenovend in d` Brand harr, denn kweem de grode Pott up Ovend. Se dee dat Roggenmehl daarin un goot dat mit Water vull. Nu muss dat koken. En paar Stünn blubber dat so vör sük hen. Flupp…Flupp…Flupp…. Of un to waar dat umröhrt, denn gung dat wieder. Flupp…Flupp...Flupp… Dat weer so dick un sämig, Oma muss eerstmaal weer Water nageten. De Pott stunn de heele Dag up Ovend to blubbern. „Dat mutt good gaar" segg Oma, „Anners gifft dat Buukpien." So blubber de Pott de heele Dag so vör sük hen.

Oma harr drock Wark, dat dat nich anbrennen de. Immer mooi umröhren. Wenn de Ovend to heet wass, kunn wesen dat de Flupp to de Pott ruutfloog, denn hung daar so en Drüpp Roggenmehl an`t Ovendröhr. Dat stunk immer dör`t heele Huus. Nabers wüssen denn, wat dat bi uns to eten gaff.

Irgendwenner weer de Bree denn maal gaar. To`t Avendbrood kregen wi denn ok en Teller vull mit Roggenmehlflupp. Oma scheppde dat in en depen Teller un goot daar heete Melk up. Bietje Zucker dürrs ok nich fehlen. Man, wat weer dat lekker. En Stück Swartbrood mit gode Botter daarbi un denn kunnst di helpen. Schmacht harrst denn eerstmaal en heel Sett nich. Dat holl good vör.

Opa eet ok good. He harr al twee Teller vull mit Flupp hat un wull noch en Teller. Oma segg to hum: „ Nu eet dor man nich to vööl van, nahst hest du Buukpien." Opa eet noch en Teller vull. Dat düür do ok nich lang un he kreeg Buukpien. „Goh man erst reell ut de Büx," see Oma. „Dat kummt daar van, wenn man nich satt kann. Hest sülvst Schuld." Oma weer richtig düll. Se wuss dat he nu de heele Avend rümjaueln de. So weer dat denn ok. De heele Avend krakeel he rüm. „ Mien Liev, mien Liev, ik glööv dat flüggt futt utnanner."

Se hett hüm en Püll maakt. Hulp nich. Magendrüppen hett se hüm geven. Hulp ok nich. Do hett se noch Kamellentee kookt, avers Opa jammer rüm. „Ik glööv ik mutt van d` Welt of." jauel Opa. „Denn go man hen un holl Finger in d` Hals, viellicht helpt dat ja. So flink geihst du nicht dood. Harrst man nich sovööl eten!" schull Oma. Opa is denn ok in d` Stall gohn und hett woll de Finger in d` Hals drückt. Wi kunnen hum immer rüüghalsen hören. De Flupp hett hüm richtig quält.

Oma is dat tovööl worden. Se is in`t Nüst gohn un hett hüm mit sien Pien sitten laten. Anner Dag weer he beter togang. Aver Roggenmehlflupp hebbt wi do eerstmaal nich mehr kregen.

Tuffel söken

„Möörn gahnt wi henn to Tuffels söken!" sech Opa an Oma. „De sünd mooi riep wurrn, un könnt nu ruut!" „Good, denn froog ik noch Andreas, of de uns helpen will to söken." meende Oma. Mit all Mann gung dat anner Dag up Acker. Oma harr Tee in Buddels maakt un Swartbrood mit Botter upsmeert. De Buddels wickel se in Zeitungspapier, de sullen denn länger warm blieven.

Wi Kinner mussen ok mit helpen. De Sünn schien noch mooi warm van boven. En Körv na d` anner wurr up de Gummiwagen schmeten. Andreas weer en lüstig Keerl. De kunn immer so mooi Geschichten vertellen. Singen kunn he, wat de ruut wull, un dat de he ok bit Tuffel söken. He sung as en Spree. „Andreas holl di Muul eben en bietje!" reep Oma. „Dat kannst ja nich mehr mit anhören. Du verjaagst de ganze Lüü hier van Acker mit dien Gejauel." He sung ok immer so swiensk Leeder. Dat much Oma nich. Se harr Nood dat wi Kinner dat hören deen. Andreas lachde daar över.

Wenn he sien Mund open de, kunnst sien Tannen sehn. De wassen nich mehr so ganz in Rieg. Unnern harr he noch dree, un boven fehlen ok en Stück of wat. Mien Bröör froog hüm, of he daar ok good mit eten kunn. „Süchst ja, verschmacht bün ik noch nich!" see Andreas un beet reell in sien Brood. „Wenn he nich uppasst und de paar Tannen richtig schoon holen deit, denn kaut he bolt up Felgen!" meende Oma. „Jung, putz blot good dien Tannen, anners süchst du so as Andreas ut." segg se an mien Brööer. „ Kien Tannen in`t Beck avers La Paloma fleiten!" reep Opa. „Dat muss du nett seggen!" Kiek di man eben dien Stumpen an, daar kannst nich maal de Piep vernünftig mit fastholen." see Andreas un verdreiht Ogen in Kopp. Se fungen richtig an to kibbeln. Avers dat weer gau vergeten un wieder gung dat Söken.

Wi harren immer noch en goden Stück vör uns, avers kien Lüst mehr. Wi sünd an Schlootskant sitten gohn un hebbt suur Bladen söcht. De weren lecker. Andreas hett dat sehn un bölkde van d` Acker. „Bahh, wat sünd ji för Schwienbuckels un freten de Bladen. Daar heb de Poggen up megen. Daarum sünd de so suur. Weet ji dat nich? Hett jo Moder jo dat nich bibrocht? Nahst fangen ji all an to quaken." Mien lüttje Süster hett dat glöövt. Se wull de nu nich mehr eten. Mien Bröör un ik hebbt uns de Bladen good schmecken laaten.

Laat Namiddag harren wi de meste Tuffels up Wagen. Oma weer nochmaal mit Rad na Huus henfohren un harr noch Tee un Botterkook holt. En lüttjen Paus hebbt wi noch maakt, bevöör de letzte Tuffels up Ackerwagen weren. Nu man gau na Huus hen. De Tuffels mussen noch dör d` Tuffelweiher. Daar bruken wi Kinner avers nich mehr mithelpen. Wi hebbt uns dat avers doch bekeken. Opa smeet de Tuffels in de Weiher un Oma dreih dat grode Rad un denn wurren de Tuffels sorteert. De grooten in en Körv un de lüttjen in en anner Körv un Sand full up Grund. Nu kunnen de Tuffels in Tuffelkeller oder wurden in Dobben verbuddelt. Heel Winter un ok noch in Frohjahr harren wi nu Tuffels to eten. De smocken so lecker. Dat weer rein wech en Gagelsmuss. Mit Schlachtens un Gemüüs harrst en lecker Mahltied. Avends hebbt wi dat denn ok eten. Sogaar Andreas hett good wat weg mümmelt mit sien halv Gebitt.

Sünnermarten

Wenn dat Jahr to Enn gung un de Sömmer weer vörbi, denn mussen wi al bold weer an Sünnermarten denken. Bi uns in d` Naberskupp wassen nich so vööl Kinner. De Nabershusen stunnen nich all so dicht binanner as in en Siedlung. Dree, veer Husen up en Bült, mehr wassen dat nich. Wi mussen immer en good Stück lopen, mit Kippkappkögel in d` Hand. Wi gungen immer alleen los, ohn Moder oder Vader.

Twee bit dree Week vördem truffen wi uns um de Lieder to üben. Meestens worden twee Lieder sungen, wat wi mit Hartbloot doon hebbt. Van Huus to Huus sünd wi gahn un wenn wi bi dat letzte Huus wassen, denn sungen wi as`n paar Spreen. Wi kregen denn ok immer vööl Sötigkeiten vör uns Daarbeden. Zuckerlaa, Mandarinen, Moppen un Pepernöten, all dat wat wi övert Jahr nich kregen, dat weer in uns Büdel.

Bi Wind un Weer gungen wi los. Nich so as vandag, waar de Mamas und Papas mit Auto gahnt. Nee, wi gungen to Foot. Wat Jahren leep uns dat Water to de Plünnen ut und mennigmaal is uns Lateern upbrannt. Daar was ja kien Lücht in, de mit Batterie gung. Nee, daar was en Keers in und wenn de Wind so brusen de, denn gung dat Ding ok woll maal in Flammen up.

An en Jahr kann ik mi noch genau besinnen. Wi weeren mit uns Kippkappkögel bi uns Nabers un hebbt sungen wat d`r ruut wull. Ik kiek mi so in`t Stuuv um. Upmaal sech ik daar en Been an`t Müür stohn. Ik hebb mi so verschrucken, mi is Klöör to dat Gesicht uthauen. Uns Naber froog mi of mi dat nich good gung. Ik was tomaal so witt in`t Gesicht. Ik hebb blot immer up dat Been keken. Uns Nabersfroo hett uns düchtig wat in de Püüt doon, weil wi so mooi sungen hebbt. Ik hebb mien Bröör allweg anstött un hüm in Ohr seggt, wat daar an Müür stunn. He was avers driester as ik un hett uns Naber froogt wat dat Been daar an d` Müür maak. De Kerl froog uns, of wi dat nich kunnen, uns Been ofnehmen und worns henstellen. He kunn dat. Ik kreeg all mehr Nood un wi hebbt maakt, dat wi daar weer weg kwemen.

Uns Naber hett sük daar en Spass ut maakt un sien Been daar henstellt. He wuss ja dat wi kwemen. In d` Krieg hett he sien Been verloren un harr nu en Holtbeen. Dat wussen wi as Kinner avers ja nich. Ik hebb de ganze Nacht nich slapen, so hebb ik mi daar van verschrucken. Dat Jahr daarup sünd wi avers weer hengohn. As wi gröter weren sünd wi denn gewohr wurden, dat he ok noch en Glasoog harr. Ik glööv, wenn he de noch up Tafel leggt harr, denn weer ik noch vör`t Singen utneiht.

De Puppke ohn Haar

To Wiehnachten harren mien Süster un ik en moje Puppke kregen. Mien Puppke harr feine dunkle Haar un en heel bült Locken. De Puppke van mien Süster weer blond un harr ok vööl Locken. De sachen egentlik beid heel mooi ut. An erste Wiehnachtsavend hebbt wi daar ok mit spöölt, Kleer ut, Kleer an. Haar kämmen un eten geven, so as man dat as lüttjet Kind denn so deiht.

Unkels und Tanten kwemen ok to Wiehnachten un brochen noch en Kleenigkeit mit. Mestens wass dat Zuckergood oder lüttjet Spöltüüg. Mien Süster un ik hebbt uns Puppen holt un de rüm wiest. „Oh, wat mooi Puppen", kregen wi ok as Antwoord. „Hett Wiehnachtsmann de brocht." „ Jo, dat hett he." Wi wüssen ja nix anners, as dat de Wiehnachtsmann de brocht harr. Ik harr mien Puppke in en Deken inwickelt, de sull ja nich klömen, harr d` Haar mooi kämmt un de Locken updreiht. Wat wass dat domals en Pläseer, daar mit to spölen. Ik harr hör ok en Naam geven. Se heet Hanna.

Mien Süster harr de Puppke ok en Naam geven, de heet Lisa, avers vördem harr se hör Lisa erstmaal döfft. Dat Haar wass schietens natt. Anner Dag weerd avers dröög, Lisa muss de heele Nacht bit Törfavend sitten. Locken harr se ok kien mehr, dat wass nu al filtig. Mit Bössel kweemst daar ok nich mehr dör. De sach ut as Struwwelpeter.

An de tweede Wiehnachtsdag weren wi ok noch heel beschäftigt mit uns Puppen. Namiddags sünd wi denn na de anner Oma un Opa fohren. Daar gaff dat ok noch wat to Wiehnachten. Kleer för uns. En Pullover hebb ik kregen un mien Süster dat Glieke. Ofwoll wi een eenhalv Jahr utnanner sünd, gaff dat to antrecken immer dat sülvige, blot in verscheden Farben. So weer dat ok mit de Puppen. De sachen ja ok gliek ut, blot en weer dunkel und de anner blond.

So, nu weer Wiehnachten weer vörbi. Jede weer tofree mit dat wat he kregen harr. Oder nich? Ik harr al en paar Dag de Puppke van mien Süster nich mehr sehn. Dat full mi up. Waar harr se de denn laten? Ik hebb erstmaal an`t söken west. Nee, de Puppke wass nich to finnen.

Do hebb ik mien Moder fraagt. Aver de wüss dat ok nich. Irgendwat stimmde daar nich. Ik wull hör fraagen, wenn se weer daar wass. Avers irgendwie bün ik daar över weg kamen.

Jeden Dag hebb ik mit mien Puppke speelt un weer daar so blied mit. De Haar hebb ik hör kämmt un Gummiband daar inbunden. Ik hebb hör Zöppkes maakt. De Puppke harr immer en moje Frisur. Mien Moder harr ok so Lockenwicklers, de hebb ik mien Puppke in`t Haar dreiht, dat de Locken ok mooi blieven deen. Blot de Puppke van mien Süster hebb ik nich to Gesicht kregen. Na en paar Daag hebb ik denn mien Süster fraagt, waar hör Puppke is. Wi kunnen ja maal mitnanner spölen. „ De is krank.“ segg mien Süster. „ Och“ meende mien Moder, de dat mitkregen harr. „Wat hett de denn.“ „De is`t Haar utfallen“, segg mien Süster. „ Wat, wieso dat denn, dat kann ja woll nich!“ wunner sük Mama. So gung mien Süster hen un hol hör Puppke. De harr tatsächlich kien Haar mehr, blot noch lüttje Stoppels.

„ Wat hest du daar denn mit maakt“, fraag Mama. „ Ik hebb hör de Haar schneden.“ see mien Süster. „ Dat wasst ja van sülvst weer. Dat düürt nich lang, denn hett de weer Locken.“

Mien Moder wüss nich of se laggen oder brullen sull. De moje Puppke sach nu ut as wenn de en Hund in d` Schnuut hat harr. Se is bigohn un hett de eenfach so de Haar offschneden. Ratzeputz, all weg. Mooi sach de Puppke nu nich mehr ut. Avers dat wass nich mien Saak, mien harr ja noch hör mooi dunkel Haar. Mien Süster hett noch en gooden Pack Schellen van mien Vader kregen. Avers daar wursen de Haar ok nich mehr van.

Un wat meent ji wat mien Süster för en Beruf hett? Se is Frisörin worden.

Ieslopen

Wenn de Winter kolt was un dat fix fresen de, denn kunnst daar up an, dat de Kanaalen un Schloten dicht froren weren. Denn gung dat na d` School up Ies.

Wi harren Schöfels, de man unner`t Foottüüg schnallen de. Mit Gummistevels und dicke Socken satten wi an d` Schlootskant un trucken de Schöfels an de Footen. Ik weet nich, wo wi daar överhoopt up stohn kunnen, ohne uns de Knaken to breken.
Mien Vader fohr mit uns na`t Fehn, waar mien Oma un Opa van Moders Kant wohnen. Moder bleev bi Oma un Opa, wi Kinner un uns Vader gungen up Kanaal to Ieslopen. Daar wassen sovööl Kinner un Groten, dat wass tiedwies swart van Minsken. Ik weet gar nich, dat wi nooit nich inbroken sünd, dat kraak faken so gefährlich, daar mussen Nood bi kriegen.

Mien Vader wass ok fix an`t lopen, immer hen un her. Rügels un vördels suus he över`t Ies. De Hannen achtern up Rüüg schöfel he, wat dat Tüüg hull. Dat dürs nich lang un he wass en paar Kilometer hen.

Kolt wass dat. De Wind bruus uns um de Ohren. Wi mussen good wat antrecken. Avers Spass maken de dat. Mennigmaal sünd wi up Mors fallen, upstahn , wiederlopen un weer henfallen. Ik weet nich wovööl blau Flecken wi an so en Dag harren, de kunnst gar nich tellen. Dat mook uns avers nix ut, wi wassen ja hart in`t Nehmen. Of un to kweem uns ok en Froo un Mann tomööt, de harren sük so komisch to packen. Se deen de Hannen över krüüz un lepen mackelt övert Ies. Avers wenn en in`t kluntern kweem, denn laggen beid up de Nöös.

 Enmaal wass daar so en Paar up Ies, noch leep jung, un sooo leev mitnanner. Se wassen an dutjen, wat de ruut wull. Hier en Dutje un daar en Dutje. Se sachen heel nich dat Lock in Ies un lepen daar glieks up an. Tomaal fung dat Froominske an kluntern un rumms laggen beid up Rügg. Nett so as en Maitiek, beid Benen in`t Lucht und mit de Arms an`t tüdeln. Bit de weer up Benen stunnen, dat dürs en heel Sett. Wi kunnen uns dat Lachen nich verkniepen, dat harren se daar nu van de olle Kalveree.   Sülms Schuld, bruken sück ja ok nich bit Hannen anpacken.

Wi lepen solang bit dat düster wurr. De Lung floog uns bolt to d` Hals ut. Wi harren heel kien Geföhl mehr in d` Fööten. De Hannen wassen blau anlopen un fungen an to kribbeln. Nu worr dat Tied, dat wi na Huus hen gungen. Mien Grootollern un Moder luurn al up uns. Oma harr en Pott vull ruug Tuffels kookt mit Stipp in Pann. Wi leten uns dat good schmecken, harren ja ok düchtig Schmacht.

So en Namiddag up Ies maakt mööi. Mien Moder bruukde avends nich lang trücheln, wi gungen freeiwillig in`t Nüst un slepen as en Steen, bit anner Mörgen. Dat bleev meestens de ganze Winter kolt un fröstig. Wi gungen noch faken up de Kanaal to Ieslopen.

Wiehnachten

Nu is dat al bolt weer sowiet, Wiehnachten steiht weer vör d` Döör. Ik will jo noch even en Geschicht ut mien Kinnertied vertellen.

Wi wohnen, as wi noch lüttjet weren, bi Oma un Opa. Jede Jahr um de Wiehnachtstied, wurr dat Huus eerstmaal up Vördermann brocht. Wi Kinner mussen uns oll Saken, wat wi nich mehr hollen wullen oder wat kött weer, utsorteeren un uns Zimmers uprümen. Mien Oma segg denn: „Wiehnachtsmann kummt bolt, un wenn dat bi jo so d`runner weg utsücht, denn kummt he erst gar nich." Bit daarhen hebbt wie ja Glück hat, he harr noch all Jahr daar west. Man to sehn kregen harren wi hüm nooit nich. Oma segg, dat, wenn wi leev weren, he viellicht in`t Huus kummt, avers dat kunn se uns nich verspreken.

Wi weeren ja ok flietig an`t uprümen un de Wiehnachtsdag kweem immer dichter. Opa hett en Wiehnachtsboom besörgt. Wi Kinner hebbt de denn mit Oma fein bunt maakt. Bunte Kugels, lüttje

Vögels mit en Steert, de so mooi unnert Nöös killern de, ik seeg de noch vör mi. Wenn de Boom heel bunt was, denn gung Oma bi un schmeet daar noch Engelshaar un Lametta rin. Fröher waar nich jedesmal neje Lametta köfft. Dat ganze Wiehnachtsgedöns kweem in en Karton und waar anner Jahr weer ruuthaalt. De Lametta sach denn ok al en bietje knütterich ut. Avers full ok noch immer fein bi de Boom daal, wenn Oma van wieden de Sülverstriepen daar rinn gojen de.

De Wiehnachtsavend kweem, un wi Kinner weren heel upgedreiht. Of wi hüm dit Jahr woll to sehn kregen? Eeten was al vörbi, na d` Kark harren wi ok al west und de Wiehnachtsmann leet sük nich blicken. Sullen wi dit Jahr nix kriegen van d` Wiehnachtsmann?

Up eenmal kloppt dat an de Döör. Daar weer en Schandaal buten, dat weer as wenn en Panzer kweem. Wi Kinner weren ganz still, un Oma seggt: „Wiehnachtsmann kummt, sett jo man gau up Sofa hen." Do stunn he vör uns, de grode Wiehnachtsmann mit Baart un roden Mantel an. Wi hebbt daar ganz sinnig up Sofa seten un uns nicht röögt. Do froog de Kerl of wi ok leev west hebbt. Jo, dat harren wi ja. Oma hett dat ok noch maal seggt, dat wi leve Kinner west weren. Mien lütje Süster weer as eerste dran. Se muss en Lied singen, denn weer ik an d` Rieg, ik heb en Gedicht upseggt. Do kweem mien Bröör. Of he ok leev west hett, „jo"- segg mien Bröör, he harr ok leev west, eenmaal harr he Opas Piep klaut un harr de ok anmaakt, avers dat harr hüm nich so toseggt. „Dat smuck nich," segg he. He hett do ok en bietje wat vör d` Büx kregen, mien Süster un ik hebbt uns freiht. Wi weren ja leev west. Do gaff dat ennelk Geschenken. Kieneen much anfangen to utpacken. Sovööl Respekt harren wi vör de Wiehnachtsmann. Mien Bröör gung do nochmaal na hüm hen, keek de Wiehnachtsmann liek in`t Gesicht un segg to hüm: „Wiehnachtsmann, du hest de glieke Hanschen an, as uns Postbode.

Wo kann dat denn?" De Wiehnachtsmann hett hüm nochmaal an d`Ohren trucken un is weer weggohn. Daarto mutt ik seggen, uns Postbode, de harr so en ollen Kriegsverletzung un immer, of Sömmer oder Winter en schwarten Hantschke an. Dat is mien Bröör good upfallen. De Wiehnachtsmann hett ok blood enmaal daar west. Dat Jahr daarupp is uns Postbode in de Ewigkeit gohn.

Über die Autorin Monika Müller

Monika Müller kommt gebürtig aus Selverde. Heut wohnt Sie in Schwerinsdorf. In diesem Buch erzählt Sie über Ihre Jugend. Diese Geschichten sind für alle, die ihre Gedanken bei einer Tasse Tee schwelgen lassen und sich dabei auch an die eigene Kindheit erinnern.